煮汁

戸田響子

新鋭短歌

煮汁＊もくじ

拾いながらゆく　6
オカリナが聞こえたら　17
もやし　24
オカルト雑誌のある部屋　31
アスパラガスを握りしめ　38
やわらかく変わる　43
ポルポッパー　50
ナメクジウオを称えよ　54
夜市　59
きみを追う　65
芋けんぴがささる　70
多重露光　72
わいふぁい　79
ラーメンでつながっている　85

たなかさんちのじてんしゃがじゃま　89
訃報　94
正月もスクワットしろ　98
この街の海　104
うおのめ　111
境界線の夢をみる　117
煮汁　128

解説　境界のうた　加藤治郎　134
あとがき　140

煮汁

拾いながらゆく

珠のれんがバラバラになる予感だけずっとしている子供のころから

唐突に閉ざされる気がしてしまう改札を抜ける瞬間が怖い

植え込みにピエロのカツラ落ちていて夕方見たらなくなっていた

早朝のバスタブ朝日がつき刺さり音階のようなものが聞こえる

今日新聞は休みだったキッチンにもの問いたげなやかんのくちびる

古紙回収のお知らせの上に置く茶碗祖母とこうしてごはんを食べた

戦時中灯籠を拾ってきたという祖父の遺影は加工されてる

超音波加湿器から出る嘘くさい湯気で満たされ眠りにおちる

前を向き歩くことだけがポジティブかドラッグストアのクーポン落ちてる

電話の横のお菓子の缶に増えてゆくインクが切れたボールペンたち

いつからか拾うというのはためらわれそれでも下を見て歩いてる

ラジオから三寒四温と三度聞くチョコレート溶けてまた固まって

日々道に増えてゆく日傘日をうけて祖母の日傘は真っ白でした

シャボン玉が漂って来るつるつるつるの石を拾って嬉しかった日

カチューシャと呟いたとき後ろからとうもろこしの匂いがしてた

シャボン玉の容器にさしたなよやかな菫が風で顔をそらした

降り始めた雨は激しくなってゆき蟻を殺したこと思い出す

心から欲するものは得難くてシャッターを押した瞬間変わる

吐き出してしまって終わりの歯磨き粉のミントの味にこだわっている

裏の白いチラシとそうじゃないチラシ分けているとき羽虫が横切る

またこんな選択をしてる牛乳か豆乳か選ぶ何度目かの隙間

いつも同じ時間にひとりで怒鳴ってるおじさんがいるバスターミナル

駅前でポケットティッシュを受け取った目は合わないのに触れる指先

亡くなった祖父母の家は今はなくGoogle Earthによると更地で

蚊柱が移動してゆく盛り塩をしてある家の電話が鳴ってる

弁髪というのを初めて見ましたと宛先のないメールを打った

街灯が灯る瞬間いくつもの影が貼り付きわたしを取り巻く

このままでは動けなくなる真夜中の凍結臨の夢を見ていた

クレーンがあんなに高いとこにある罰せられる日が来るのでしょうか

拾い上げるレシートの裏にメモされた右肩上がりの電話番号

オカリナが聞こえたら

歯ブラシをくわえて乗った体重計重いものだな歯ブラシって

この国のルールを教えておいてやるふきのとうの悪口は言うな

複雑に動く唇見ていたいスリジャヤワルダナプラコッテ

オカリナが聞こえたら振り返れって生まれたときからずっと待ってる

どうぶつの形をしているビスケット頭から食べるような人なの

すばらしきトイレの水の青い渦ミー散乱とレイリー散乱

飛び込むなと書いてあるのはこの樽に飛び込むやつがいるってことね

ひっぱれば国旗がズルズル引き出され想像上の国旗も混じり

チュイールを焼くチュイールチュイールと鳥が来てお茶の時間にいたします

青空のむこうで見てる星たちはときどきパリパリ笑っているね

伏せてあるカップの中は昨日です雨音がずっと聞こえています

大声を出さないでよと大声で言い返しさらにばんばん叩く
次々に傘がたたまれ広くなりサクマドロップス何色がいい？
チューリップの中から声が聞こえててその夜しずかに焦げたムニエル

きみとゆく旅路はアップルロリポップ悪路であればいいと願って
桟橋に冷たい風が吹き抜けてねぇ中で待っていようよ
「近々に」といわれ冷たく光りだす「近々」という言葉星みたい

赤い月の光を浴びたことにより氷いちごの蜜になってく

さっきからずっとストローの袋をもんでもしかしてそれ鳥になるの？

きみのいた世界からいない世界へとスライドしていく音がしている

もやし

レーズンパンのレーズンすべてほじりだしおまえをただのパンにしてやる

お隣の咳き込む音と犬を呼ぶ声がでかくてタイツが破れた

満員の電車に乗ってる全員の弁当を並べパーティーしたい

知らぬ間に書いてあったのもやしってホワイトボードの名前の横に

クリップをクリップとして使えない針金に伸ばす残虐なやつ

繰り返す　日替わりフライ定食のフライ何ですかじゃあそれください

「ここの地下ディスコだったの」先輩がエレベーターの中で突然

どこからか飛んで来たゴム頰を打つ誰もわたしも何も言わない

乾杯でちょっと遠い人まぁいいかと思った瞬間目が合ったりする

お前のさぼこぼこじゃんかどうすんのすげーぼこぼこ使えんのかよ

三本締めが終わった後の沈黙に耐えられなくて服を脱ぎだす

思い通りにならないようだと思ったが一応三分ぐらいはごねる

おだやかな動物のように「しゃっませー」とひと鳴きし去る店員の背中

時計のない部屋でそわそわしていたがやがてどうでもよくなってきた

「訓練です。避難しましょう」スピーカーを見てからみんな照れ笑いする

三分だけ待ってやろうと言われたが断り一人たたずむ蒼天

まさよしが多いんだよと絶叫し面接官は飛び出して行く

おまえだろ映っているのはああそれは防犯カメラがみてた夢です

身ひとつでできることなど少なくて全速力で逃げた犬追う

携帯に「典型的なクズです」と言い雑踏に消えゆく男

オカルト雑誌のある部屋

副操縦士はあの日ひかりを見たという一九八六年アラスカの空

電波時計にみそ汁かけて破壊した電波はずっとさまよっている

やばいもの見ちゃったよと思ったらばかにリアルな案山子じゃないか

宇宙なんて実はなかった嘘でした大統領がＨＡＨＡＨＡと笑う

塀越しによくしゃべってた隣人の腰から下が人間じゃない

この写真変じゃないです？　ほらここの人の後ろに対戦車ミサイル

ラーメンのボタンを押せば食券の代わりに出てくるくさい地下足袋

エサが欲しいわけではなくて鯉たちの口の動きが送る警告

警察と考古学者が出土した一体のミイラとり合っている

気付いたら死体の数が多い順に並べられてる推理小説

連写した見たこともない爬虫類ＳＮＳにはあげずにおいた

ひっぱられアブダクションかと思いきや異星の祭で掬われており

月曜にいた人またいると思ったら案山子じゃないか着替えているし

この家は変な音がする何気なく見上げた屋根裏から山伏

未来から来た人はもうスマホなど持たず全身スマホになってた

ご近所の双子の見分けがつくきみとつかないわたしの世界は別だ

なんだそういうドッキリかよと呟いた核シェルターからはい出た朝に

空気のように扱われてきたわけを知る自分の名がある墓石の前で

アスパラガスを握りしめ

もう水が打ってある朝五時半のお向かいの家おそろしくって

何回か言い争いを見ましたとモザイクが語る精肉屋前

人間の記憶はあいまいリカちゃんのお尻はきちんと割れてましたか

レントゲンに写ってる影医師が指しよく見るとそれ汚い虚無僧

朝顔のつるが庭から出ちゃってさ何かつもうとしてるのよ　切る？

妹のバービーが居間に落ちていて首が後ろにねじれて真顔

薬屋の角から五軒目の家の庭からすごい怖い花出てる

やまびこはあの日かえってこなかったビルの谷間で聞こえた奇声

薄墨のような雨降り人んちの台所みたいなにおいがしている

生ひとつ！　生こっちにも！　裏口で静かに発狂する瓶ビール

やめろやめろーと月に向かって叫んでる男の手にはアスパラガスが

泡をふき惨事のように沈みゆく入浴剤をじっと見送る

着信拒否をされている気がするんだと何度か言って帰っていった

やわらかく変わる

マスクごしの外気は少し冷たくて遠い踏切の音だけ聞こえる

濁流の川に似ているレジ袋浮き沈みする幹線道路

同じ道同じ人たちイヤホンを外せば街が押し寄せてくる

街路樹の根元の白い粒々も宝石のように見えていた日々

ビン・カンと並ぶゴミ箱遠くからなんだか澄んだ音がしている

自転車が輝きながら並んでる「撤去します」の札ややゆれて

裏道に入ればそこに音はなく捨てられている公園がある

三月の晴れた空から唐突に紙片のような雪が降りだす

なぜだろう息をとめてた開錠の電子音を待つ長い一瞬

あと五分のはずの会議でもうずっとささくれを気にし続けている

思いついて見慣れた壁のしみを拭く入れかわってくいろいろなもの

カタログをめくりめくって手をとめて瞬きをしてまた瞬きをする

シャープペンシル何度もノックをして芯の危うさを見てそっと戻して

繰り返し流れる保留の音楽の裏には知らない人が生きてる

空間を知らない人とわけあってやわらかく変わる部分に驚く

つめくさを摘んでいたころ絶対に母になるものと信じてました

トリクロロ鶏むね燻製止利仏師ワイパーの音が加速してゆく

たんぽぽを探せば意外と見つからず名前を知らない草花を踏む

あたたかい雨が続いていつまでも雪とけ残る場所を忘れた

いつからか眠りに入る直前に広がってゆく草原がある

ポルポッパー

賞味期限の近いものから順番に魚肉ソーセージ踊りはじめる

違和感に鼻をかんだら飛び出した昨日のねぎの鮮やかな緑

おたまって名前がなんかかわいそう今日からポルポッパーと呼びます

オムライス開けばケチャップライス見えそいつは火炎放射器だろう

ひとつずつ豆だいふくの豆だけを手術みたいに取り外してく

なんだかさアボカドサンドはずいぶんとひどい悪口に聞こえるんだよ

軍艦巻きのいくらがこっちを睨みつつ右から左に流れていった

裏口に紅しょうがっぽいやつがいてどうもあやしいって話なんだ

こんな日は全裸になって真夜中のオルゴール館でオルゴール巻こう

弁当の緑のビラビラとりはずす世界はひとつの弁当になる

ナメクジウオを称えよ

はじめての町では川の流れてる音まで全然違う訛りで

不真面目なミキサーがつくるスムージー青菜もバナナも死にきれてない

ちゅううーんどっどおーんと叫びつつ蟻の行列踏んでゆく子ら

何気なく駅のホームを見渡せば自分以外は傘を持ってる

着席と先生が言いその後の五秒の顔は餃子に似てた

友達にもらったきれいな便せんが捨てられなくてわずかな日差し

空調の音さざ波に変わりゆく寝不足の午後の図書館は海

進化論のビデオの中で一番の歓声浴びるナメクジウオが

木工用ボンドが香る飛行機が夜の教室音もなく飛ぶ

会館の高い窓から吹き下ろす夜風発声練習ひびく

雨脚は次第に強くなるでしょうテレビを消せばせまる雨音

インスタントカメラで撮ったわたしたち青く煙ったピースとピースと

夜市

さっきから配達員がやってくるバイクの音だけし続けている

冷たい肉に指をうずめて下味をつけているとき生を感じた

人形をつかみ上げれば死んでいるような角度でこうべをたれる

あっちだよ祭囃子に誘われて消えた彼女は今日も戻らず

「派手な服」「異臭」「鈍器のようなもの」字幕スーパーで強調される

いつもと同じ電車に乗ったはずなのにいくつも通り過ぎる無人駅

半分を解体された建物の血管めいた管のびつづけ

緩衝材のプチプチを潰すその度に人を殺してしまう気がする

笑い声すれ違って遠ざかる鳥が一羽もいないビル群

殺した虫をティッシュに包み屑かごへ捨てたらちょっと薄暗くなる

雨の夜信号が赤に変わるとき透明傘は真っ赤に染まる

エンジェルを止めてくださいエンジンの見間違いだった地下駐車場

どこのだかわからないねじが落ちているそういう不安に少し似ている

「被害者の身元を確認しています」で確認された帰らない君

カーナビの声だけずっと響いてるまもなくまもなくまもなくまもなく

じじ、じじじと裸電球の残像が夢に出てくるあの日の夜市

高速で車窓を叩いた大粒のあれが最後の雨だったのだ

きみを追う

桜から桜の間《あわい》は夢なので一年は早く過ぎていきます

早朝のバスターミナルはせわしくてみんなどこかへ行ってしまうね

きみがいういつかを待っていくつものキャンディチーズくるくるほどく
押すと書いてあったから押したそれなのにぼきりと折れてしまったんです
舞い降りてきみはたちまち街灯と信号の違いに気づいたね

パルミジャーノレッジャーノ雪のようにふるトマトソースの原野にひとり

かみさまの言葉を忘れてゆく子供擬音をつかわず「かみなり」という

暴れる鳥をなだめるように折りたたみ傘はかばんの中に納まる

人となりはケーキを食べさせればわかるいちごは先か後かってこと

炊飯器で虹を作るという動画クリックしてもつながらなかった

夕暮れの遊園地みたいにさみしいね路上に落ちたアイスクリーム

最後まで言えなかったよくちびるについてるごまはひとつじゃなかった
サーキュラースカートのすそひるがえしどこまで行くのときみは叫んだ

芋けんぴがささる

久しぶりに扉を開けると天井から去年干しておいたいくつもの夏がぶら下がっていて
いっせいにこっちを見た
二十八度に設定しろよ
百貨店のエレベーターで天井から一本のところてんがぶら下がりか細い悲鳴を上げ続けている
三杯酢　三杯酢　三杯酢
かき氷のプラスチックカップから真っ青な液体が広がり蟻が数匹おぼれている
きっと真冬の川のように冷たい

その「ロンドン」って書いてあるTシャツどこで買ったの？
今、芋けんぴが歯茎に刺さった

忘れられた傘が座席の手すりからカツンと倒れ電車は止まる

無人の交番の黒電話がやたら長いこと鳴り続けていて
そのうち半音あがってまだ鳴り続けている
そのうちまた半音あがる
そのうち

にんげんの耳にはもう聞こえない
エアコンの微風に揺れるそういえば風鈴を出したまままた夏だ
見上げれば
入道雲には芋けんぴがびっしりつき刺さってる

多重露光

早朝は夢も現実も同じものトーストに降るシナモンシュガー

露出を変えて光の中のように撮るまつ毛は虫のようにふるえる

ほつほつとコーヒーメーカーから落ちる黒いしずくのような戸惑い

ピントが合わないことが自慢のトイカメラわたしもたぶんそういう感じ

バス停に並ぶ人々みな肘と首の角度が同じになって

裂くように飛行機雲が空をゆく使われてないクレパスの白

フィルターを外してビルに映ってる山脈のようなビル群を撮る

ひるがえるスカーフのように去る猫のひらがなめいた足の残像

亀裂から伸びてきている猪子槌ほんとに下に土があるんだ

どこかから水が漏れてる遊歩道遠くかすかに水音がする

マスキングテープでノートに貼り付けるかすれた文字の映画の半券

アルコール消毒液を手に受ける小さなくしゃみのようなささやき

朝露のすずめのてっぽう引っこ抜く遠く校舎の唱歌がきこえる

レシートのレジ担当のところには発音しにくい異国の名前

銀行のカウンターには「オレ」「オレ」と書かれたうちわが何本も立つ

入るとき出るときも同じ機械からいらっしゃいませが降ってくる店

ＩＳＯ感度限界まで上げ夜の道ざらざらとしたコンビニの光

連写する笑顔の中に一瞬のまたたきの顔泣き顔に似る

縁石に置かれたままの瓶を撮るヘッドライトがあたる瞬間

何枚も何枚もいるわたしから同じわたしがひとりもいない

わいふぁい

夜道にてテレビの音がはっきりと聞こえてきたから夏が始まる

噴水は十八時まで黒々と水中に這う管の陰影

とめどなく客が出入りするコンビニで北極星のさみしさを知る

こうやって死ぬこともある喉元に飴が詰まって　さくらんぼ味だ

レジ袋を五円で買った帰り道街灯に白く照らされている

いい音がすると思って踏んだのに想像したよりつぶれない箱

牛乳が今いまここに冷たさがわたしの形をおしえてくれる

みつ豆をすくった匙にくちびるがふれ雨雲は早くすぎゆく

カルピスをこぼしてしまった妹が庭で静かに綿毛吹いてる

とりあえずで買った百円均一の食器のままで町になじんだ

夏草がのびのび伸びて背をこえてねえフエラムネの音色聞かせて

かばんの底に増えてゆくのは海色のビーズ何かが壊れかけてる

わぃふぁぃと犬が寝言でいう午後にすべてを洗い流す夕立

大量にひっくり返った蝉たちはいつの間にやら片付けられた

郵便がカタンと届き昼寝から浮上してゆく振りむけば海

ラーメンでつながっている

次々と刻印されし缶詰の賞味期限が戦地へ向かう

ひらかれた民家の座敷うす暗くひな壇に咲く白いかんばせ

作っては並べ続けたおにぎりがのらなくなって食べて　食べた

固いボルトをゆるめる瞬間ふとこれをしめた誰かとつながる感じ

デモ隊のシュプレヒコールと打楽器がわずかにずれて全員よろめく

逃げたのは動物園の猿山で一番偉い猿だったって

わからなくなってきました実況のアナウンサーは静かに言った

ラーメンの湯気立ち昇りこの麺はどこか遠くにつながっている

世界中テロの続報待つ夜に聞いた指揮者のかそけきしわぶき

定食屋のしょうゆの瓶を握ったら見知らぬ人との握手のようで

春だからぬれていいこうじゃないですかフルーツ牛乳のふたをはね上げ

たなかさんちのじてんしゃがじゃま

繰り返しみている夢の海原に一本立った信号で待つ

大風に飛ばされてきた看板の「この先↓」がさす露ひかる土手

初夏の陽は腕いっぱいに甘夏を抱えてぐるぐる回りながら来る

ガスタンクが転がってくるのが怖いやることのない日曜のベランダ

祈るのに似ているカメラのアングルを決めた後からシャッター押すまで

鳴いている蟬を全員一カ所に集めて説教したい白昼

リカちゃんで遊ぶ子らの声「ふりん」「てろ」「たなかさんちのじてんしゃがじゃま」

蛍光灯みたいに白い一本のチキンの骨を流しに放る

忘れてたそれはスライスチーズからフィルムを外す呪文であった

正規品と箱書きされていることで非正規品の存在を知る

眠りから夢への連結部分にて大写しになるラーメンのなると

信号の青に照らされ自由だと言われた瞬間棒立ちになる

訃報

それはまあ道しだいですとタクシーの運転手が言い雨は激しい

確信はないのだけれど日常になってく気がするドアベルの音

この感情に言葉を与えることはせずいつもと同じトーストを焼く

雪のようなものが降ってる暗い空そうですかとだけ言って切る電話

個人情報だからときみは切り刻む私の名前生まれた日付

ひぃふうみわたしはわたしの番号が空気になってく予感がしてる

ビンゴゲームそろっているのに手をあげずうつむいているきみのくびすじ

生まれたらみな老いてゆくと思ってた途中で死ぬ人がいてちょっと驚く

ではまたと締めくくったらさみしくて手紙の端に添えるくまの絵

読んでいる途中で眠った読んだとこ追ってく途中でまた眠くなる

終電は行ってしまった見上げれば月のまわりの淡い虹色

正月もスクワットしろ

とてもよいお天気ですね本日も庭先に猫のフンがあります

コンビニのコーヒーはおいしいのかと父は連日聞くだけである

どいつもこいつも二本の足で歩いてるどっこいしょっと米俵どん

テラスから「ぃよっ」と母の声が降り雑巾は庭のバケツに入る

慌ただしくマグカップの中落ちてくる隕石これが新しい年

ええーえい控えぇおろぉうとテレビから聞こえたあとに鳴るレンジのチン

思ったより何でもなかったデジタルの表示がイチイチゼロゼロゼロの瞬間

「かっぽうぎ」っていってみて「っぽ」っていう時の顔すごいすてき

たいへんにおめでたい席なのですが　茶碗蒸しどもが噴火していく
思い出させてあげようじゃない次々と粉砕してゆくルマンドのくず
お母さん居間のお菓子の箱ん中焦がし醤油味だけなくなってる

バラバラになってもバナナはバナナなのにテープで房を固定する父

ぬれせんべいを見たことなかったその頃の想像上のぬれせんべいだ

こんなテレビしかやっとらんなと叔父がいい寿司桶に残るまぐろがふたつ

酔っ払いの面倒くささも懐かしい　おいれんこんに穴があいてんぞ

勝手口すりガラスごしに見えている動く肌色全裸のようだ

標高五十から五十一メートルを行き来するスクワットの夜外は粉雪

この街の海

そんな服見たことないわ地下鉄の三輛目扉左のあなた

四方から寄せては返す人波でこの交差点は海になってく

よく知らない実がなっているなんだろう　そういうことを毎日忘れる

今朝もまた過去の自分の足音に急かされのぼる非常階段

何か間違っているようでご自由にどうぞのキャンディ取れないでいる

もう一度考えさせてくださいとチラシの裏に書いた円形

ホチキスの針がまわりに散らばってまきびしみたいひとりぼっちだ

判例集のＹ１とＹ２事件前最後に食べたおにぎりのこと

はさみを握る指美しくしょきしょきと白い切れ端うなだれてゆく

コーヒーの染みです（きれいなコーヒー）という付箋がついている回覧

宅急便の複写紙に強く強く書く強くなければ届かぬ気がして

見積書一枚二枚――五百枚少しねむたいオイルサーディン

辞めたいとみんなの手前言ったけどカップラーメンの蓋がくるんと

太陽光パネルが海のようだったむかいのビルの窓際の人

くつくつとすべてを肯定してまわる鳩のようになり豆を食べたい

落ちてきたコピー用紙のまっ白な海広がって見とれてしまう

エレベーターが地上におりてチンというさびしいさびしいと衣ずれの音

片手をあげてタクシーをとめようとする男の動き聖人に似る

会議中のところをどうもすみません　きれいな鳥をご覧ください

キーボードに突っ伏し眠るその前で彗星のごと走るレピュニット

うおのめ

銀行で放たれたカラーボールから生まれてしまってめちゃくちゃ目立つ

ふりかけの黄色いやつが卵には見えない今日は何もしない日

舌先で口内炎をさわってるその眼差しにひかれたのです

歯みがき粉の最後の最後を出したくて全力をこめ「神様」と言う

あなたには鼻がありますと誤変換したとき広がる世界があった

巻き上げるパスタにやはりツボがあり間違えると一本はみ出す

死ねという言葉が規制されていて木の実を拾うオンラインゲーム

後入れのスープも全部入れちゃってよく読んでって言っても聞かない

向かって来るキャスター付きの幸せが左右によろめきながら倒れた

五十カ国で愛用されるカツラから五十カ国語のつらさかなしさ

大特価七十二円のかまぼこを板から外すときに雷鳴

この夜は公民館のスリッパをじゅんぐりじゅんぐり海に放して

同じ誤字で君だとわかる昔から点が足らないと言ってるじゃない

瓶に入った珈琲牛乳飲みたくて地下街をただでたらめにゆく

餃子からこぼれ落ちたひき肉をすくって食べる　うまくいかない

この今も首長竜のすべり台すべる間にみている夢です

雨が降りようやく更新されてゆく街が静かにうなり　うおのめ

境界線の夢をみる

歩くたびレインブーツの吐く息が膝をくすぐる雨は降らない

野良犬を見かけなくなったこの町に商店街はかろうじてある

職安という響きは食べ物みたいだなパックジュースのストローをかむ

エレベーターの隙間の闇が見あげててまたぎ越すとき何かきこえた

求人の書面のむこうにあるだろうルールの違う世界の数々

都会にはもうヤッホーと叫んでもいい場所はなくお釣りを受け取る
たくさんの人が何かを撮っている横を急いでゆくふりをする
あて所に尋ねあたりませんと戻ってるはがきをベッドサイドに置いた

早朝にテレビをつけたら死んでいる群れからはぐれたガゼルが映る

いけないと思うほどつい食パンの断面に指をしずめてしまう

珈琲にはちみつたらし金色が黒にのまれてゆくのを見てる

トロールが殺される絵本繰るたびに夢の記憶に触れる気がして

日曜は昼から外に出てもいい目的もなく歩きはじめる

子供らが「あっ」と指さしていた空を見上げてみたが何もなかった

ゆく先に丸くて黒い毛の生えた蜂がゆっくり上下している

昨日と今日を同じにしないためだけに「腸内イキイキ体操」をする

カップ麺から肉だけを抜きお湯を入れ待ってる間肉をかじって

三色のボールペンから黒が切れ赤も切れてる頬杖をつく

空欄が白く輝く履歴書を二枚仕上げて羊羹を切る

すいれんすいれん図鑑をめくり次々とすいれんじゃない花流れゆく

問診票に夢をみますかと問いがあり無難であろういいえを選ぶ

たくさんの人が病んでる病院の待合室にあるクワズイモ

ビルとビルの間に隙間があったかを思い出せない急に気になる

地下鉄の乗客たちは暗黙のうちに互いに視線を外す
自販機の取り出し口から手が伸びて手をつかまれる気がしてならない
地上へとむかう階段空にまで登れるように見える瞬間

だんだんと自分に甘くなってゆき缶コーヒーのプルリングひく

夜の街であくびをすればにじむ灯がメリーゴーランドみたいに見えた

公園に黒くうねった蛇玉の燃えかすがあり雨をうけてる

読みかけの本を閉じればたくさんの世界の中のひとつが消える

煮汁

昨日こんなことがあった
電話ボックスの中で受話器を取ったら裏っかわの人につながって流れ出てくる
煮汁
非常階段を上っていたらいくつもの足音が重なり合ってなだれ込んでくる
ブロイラー
美術館の片隅に落ちていた綿埃が空調の風に転がりながら進み出て
いか釣り漁船
無人の蕎麦屋で古いブラウン管のテレビから野球中継だけが流れ続け
終わらない

ピッチャーが土をならしたその足が振り上げられた直後の速報

いつも通る駅前のブティックのマネキンの顔は
横から見るとすごく変なんだ
お骨を拾う箸がAmazonで売ってるんだよ
二膳セットで
六百円で
リンボーダンスの棒は誰が作っているんだ
毎日の一滴一滴が煮つめられどうしようもない煮汁となってあふれ出す

真夜中に昨日と今日が溶け合って少し焦げ付くにおいがしてる

インターフォンが鳴る
何を煮ているんだ

圧力鍋で

温水プールには温かい水に様々な物質が溶けこんでいたが
液体と気体の境界はあまりにもはっきりとした線で区切られていた

落し蓋は
落し蓋がいるぞ
落し蓋がないじゃないか

天気予報があたらないからもう傘は捨ててしまって水中にいる

段ボールをたたむ仕事をしていて
もう何枚たたんだかわからない
それは洗剤の段ボールだったこともあるし

みかんやりんごの段ボールだったこともあった
何が入っていたのか見当もつかない段ボールもある
だが何かは入っていたはずだ
段ボールから葉っぱが一枚
作業場のリノリウムの床に舞い落ちた

空っぽの鍋は空っぽを料理してことことことこと煮つまってゆく
毎日の通勤列車の窓の外電球一つ切れている店
ワンコインランチの行列どこからか着信音の「威風堂々」
たくさんの人が歩いているけれど誰にもぶつからないんだ街は

マグニチュードと震度は違うと大声で隣の客が言うのを聞いてる
真っ白な月が出ていてそういえば少しは丸くなった気がする

解説　境界のうた

加藤治郎

短歌の黄金地帯はあるだろうか。ありそうである。でも、なかなかこことは言えない。おおよそ境界にあることは分かる。現実と夢の境界。この世界と向こうの世界の境界。その地図はどこにもない。あるとすれば、この短歌形式が示すものがそれなのだ。これは短歌に関われば誰にでもできるというものではない。幾分自覚せよ。しかし囚われるな。うまくこの形式と付き合いながら或るときは全てを委ねるのだ。

珠のれんがバラバラになる予感だけずっとしている子供のころから
早朝のバスタブ朝日がつき刺さり音階のようなものが聞こえる
戦時中灯籠を拾ってきたという祖父の遺影は加工されてる
日々道に増えてゆく日傘日をうけて祖母の日傘は真っ白でした

クレーンがあんなに高いところにある罰せられる日が来るのでしょうか

冒頭の「拾いながらゆく」から引いた。短歌研究新人賞の次席となった作品である。おそらく短歌の黄金地帯に気づいたのだろう。父母ではなく祖父母が歌われている。それは時間の境界ではなかったか。父母では近すぎる。過去という時間の塊が視えるとき境界が意識されるのだ。珠のれんは祖父母の時代から家にあるのだろう。整然と垂れ下がっている。しかし、いつかきっとバラバラになって床に飛び散る。止まっていた時間が剝き出しになる。その恐怖をずっと感じているのだ。予感は続き未来も支配している。

早朝のバスタブは至福のひとときである。休日の感覚だ。バスルームの窓が少し開いているのだろう。朝日が鋭い。全てがきらめくとき、聞こえてくる。音階のようなものとは規則正しい音と曖昧な音が混じったものだろう。視覚と聴覚が融合した美しい作品である。

戦時中の混乱が想像できるが、それにしても灯籠とは驚く。所有という概念も滅茶苦茶になっていたのか。拾ってくるというのも途方もない話で、リヤカーか何かで運んできたのだろう。祖父のエピソードとして面白い。時代と人物を活写している。その祖父の遺影である。写真の加工とは思い当たることだ。古い家にある。写真が絵画のように重厚になっている。祖父はずっと家族を見守っている。
思えば、日傘が道端にあるのは不思議である。干してあるのではないようだ。そして増えている。夢なのだろう。日傘がいっぱいになって、ふと祖母の日傘だけが思い浮かぶ。思い出のなかの真っ白な日傘が語られている。日々、日傘、日、日傘と続き、真っ白になる言葉の魔法である。
高層ビルは途轍もないスピードで建てられる。工法は確かで、クレーンが一番高いところにあり、次々と建材を吊り上げてゆく。それは全てを司る存在だ。それが創造に向かわないとき、容赦なく人を罰するだろう。そんな予感に慄くのだ。

きみとゆく旅路はアップルロリポップ悪路であればいいと願って　「オカリナが聞こえたら」

おまえだろ映っているのはああそれは防犯カメラがみてた夢です　「もやし」

桜から桜の間《あわい》は夢なので一年は早く過ぎていきます　「きみを追う」

忘れてたそれはスライスチーズからフィルムを外す呪文であった　「たなかさんちのじてんしゃがじゃま」

生まれたらみな老いてゆくと思ってた途中で死ぬ人がいてちょっと驚く　「訃報」

この今も首長竜のすべり台すべる間にみている夢です　「うおのめ」

道が凸凹なんだろう。アップルロリポップという音のような感じで車が弾む。ロードムービーの雰囲気がある。ルロリの音が悪路を引き出している。舗装された道路は二人にふさわしくない。悪路であってほしい。こんなところにさりげなく生の核心が歌われている。退屈な日常とは、おさらばだ。

二人で防犯カメラの映像を見ている。例えば髪の長い女性が映っていて「おまえだろ」と言われる。たぶんそれはわたしではない。防犯カメラも夢を見ることがあってわたしに似たひとが通り過ぎたのだ。現実と夢がちぐはぐに交差している。

桜が咲いて散る。一年たってまた桜が咲く。もし、その間が夢だったらと想う。春夏秋冬と巡るのではない。桜の季節があるだけなのだ。なんという美意識だろう。突き詰めればそれはあり得ることだ。誰も語ることのなかった日本人の美意識なのである。桜だけがこの世であり後の全ては夢である。現代和歌と呼ぶべき作品である。

ふと言葉が浮かんだ。つぶやいてみた。〇〇〇〇〇〇…。なんだろう。はっと気づくのである。スライスチーズだ。うまくフィルムを外すための呪文だったのだ。短歌形式の外に「それ」はある。呪文はそんなところにある。

同じようにみなが生きている。みな年をとって老いてゆく。いつ気がついたのだろう。そうではなかった。途中で死ぬ人がいる。当たり前のことだ。そうとしか言いようがないが、それでもどこか不思議である。それは不条理と隣り合わせだと思えば分かる。途中で死ぬ人の生が不条理であることを語っているのだ。

どこかの公園にありそうな首長竜のすべり台である。でもそれをすべるときタイムトリップのような長い時間が経過するのかもしれない。長い長い夢を見るのだ。この今もと言うとき、ここは雑踏なのかもしれないし、恋人と過ごしている部屋かもしれない。わたしは首長竜のすべり台をすべっている。

「煮汁」

昨日こんなことがあった
電話ボックスの中で受話器を取ったら裏っかわの人につながって流れ出てくる
煮汁
非常階段を上っていたらいくつもの足音が重なり合ってなだれ込んでくる
ブロイラー

短歌は自由詩という夢を見る。自由詩には短歌の記憶があるのだろうか。この歌集は詩形融合作品で終っている。何人かの歌人が試みている。詩歌トライアスロンが一つの契機になっていることは言うまでもない。煮汁となって短歌形式から流出した言葉は甘美だ。再び短歌という容器に注ぎ込まれた言葉は濃い。詩形の境界を越え流動する言葉を止めることはできない。

○

名古屋の中日文化センター「短歌のドア」講座に戸田響子は現われた。いつも着物姿である。そして未来短歌会の仲間となり、今、歌集が刊行されようとしている。それも桜と桜の間の夢のようなものかもしれない。

多くの読者にこの歌集が届くことを願っている。

二〇一九年三月十日

あとがき

園長先生がつるつるに磨かれたきれいな石を金槌でたたいて割ると、断面に黒い亀裂のような模様が細かくびっしりと入っていた。

「これはうんとうんと昔の森が閉じ込められてしまったんだよ」

そう言われてから見ると、模様は確かに葉っぱがすべて落ちてしまった冬木立の森で、その上の空白は重くたちこめる曇天の空のようにしか見えなくなってしまった。色の薄い細かな斑点はもしかして降りはじめた雪だろうか。しばらくは石の中の森のことを何度も考えていたように思う。人や動物も閉じ込められているんだろうか。もしも自分が石の中に閉じ込められたらどうなるんだろうか。今でも覚えているくらいにいろいろな想像をした。そしてそのまま石の森的な世界のあっち側に片足をつっこんだままふわふわと生きている。

そのふわふわを抱え込んだまま、穂村弘さんの短歌講座をきっかけに短歌をはじめ、加藤治郎先生の『うたびとの日々』という著書に出合う。短歌という詩形について「この詩型においては、ソーセージに芥子がのっているというようなことが俄然輝きを放つ――」と書かれていたことに衝撃を受けた。ソーセージに辛子、生産性を求める社会生活において真っ先に捨てられてしまうであろう事象があっちの、いや、詩の世界では反転して光り輝いている。よし、ソーセージに辛子をのせていこう。粒マスタード、ケチャップ、中濃ソース、オリーブオイル、いろいろ試してみよう。そう思った。いつしか子供の頃から持て余していたふわふわは詩になっていった。

前置きが長すぎて何の話か分からなくなってしまったけれど、そんなチャレンジを込めた渾身の一冊です。楽しんでいただければ幸いです。

監修の加藤治郎先生、書肆侃侃房の田島安江様、日ごろ惜しみなくご教示くださる彗星集の先輩方、仲間たち、忌憚ない意見で心も技術も鍛えてくださった東桜歌会のみなさま、かばんのみなさま、夜な夜な短歌コミュニティのみなさま、そしてすばらしい装画を描いてくださった鷲尾友公さん、支えてくださったすべての方々に深く深く感謝いたします。

二〇一九年　春

戸田響子

■著者略歴

戸田響子（とだ・きょうこ）

1981年愛知県名古屋市生まれ
未来短歌会彗星集に所属
詩形融合作品「煮汁」で第4回詩歌トライアスロン受賞
「拾いながらゆく」で第60回短歌研究新人賞次席

「新鋭短歌シリーズ」ホームページ　http://www.shintanka.com/shin-ei/

新鋭短歌シリーズ47

煮汁

二〇一九年四月五日　第一刷発行
二〇二二年八月十日　第二刷発行

著　者　戸田響子
発行者　田島安江
発行所　株式会社　書肆侃侃房（しょしかんかんぼう）
〒八一〇・〇〇四一
福岡市中央区大名二・八・十八・五〇一
TEL：〇九二・七三五・二八〇二
FAX：〇九二・七三五・二七九二
http://www.kankanbou.com　info@kankanbou.com

監　修　加藤治郎
装画・挿絵　鷲尾友公
DTP　黒木留実
印刷・製本　株式会社西日本新聞プロダクツ

ISBN978-4-86385-360-7　C0092

新鋭短歌シリーズ ［第5期全12冊］

今、若い歌人たちは、どこにいるのだろう。どんな歌が詠まれているのだろう。今、実に多くの若者が現代短歌に集まっている。同人誌、学生短歌、さらにはTwitterまで短歌の場は、爆発的に広がっている。文学フリマのブースには、若者が溢れている。そればかりではない。伝統的な短歌結社も動き始めている。現代短歌は実におもしろい。表現の現在がここにある。「新鋭短歌シリーズ」は、今を詠う歌人のエッセンスを届ける。

58. ショート・ショート・ヘアー　水野葵以

四六判／並製／144ページ　定価：本体1,700円＋税

生まれたての感情を奏でる

かけがえのない瞬間を軽やかに閉じ込めた歌の数々。
日常と非日常と切なさと幸福が、渾然一体となって輝く。　―― 東 直子

59. 老人ホームで死ぬほどモテたい　上坂あゆ美

四六判／並製／144ページ　定価：本体1,700円＋税

思わぬ場所から矢が飛んでくる

自分の魂を守りながら生きていくための短歌は、パンチ力抜群。
絶望を噛みしめたあとの諦念とおおらかさが同居している。　―― 東 直子

60. イマジナシオン　toron*

四六判／並製／144ページ　定価：本体1,700円＋税

言葉で世界が変形する。不思議な日常なのか、リアルな非日常なのか、穏やかな刺激がどこまでも続いてゆく。

短歌が魔法だったことを思い出してしまう。　―― 山田 航

好評既刊　●定価：本体1,700円＋税　四六判／並製／144ページ（全冊共通）

49. 水の聖歌隊
笹川 諒
監修：内山晶太

50. サウンドスケープに飛び乗って
久石ソナ
監修：山田 航

51. ロマンチック・ラブ・イデオロギー
手塚美楽
監修：東 直子

52. 鍵盤のことば
伊豆みつ
監修：黒瀬珂瀾

53. まばたきで消えていく
藤宮若菜
監修：東 直子

54. 工場
奥村知世
監修：藤島秀憲

55. 君が走っていったんだろう
木下侑介
監修：千葉 聡

56. エモーショナルきりん大全
上篠 翔
監修：藤原龍一郎

57. ねむりたりない
櫻井朋子
監修：東 直子